RIYUE
XINGYIN

董先明

著

日月行吟

Moon&Sun

四川文艺出版社

图书在版编目（CIP）数据

日月行吟 / 董先明著. —成都：四川文艺出版社，
2014.11（2021.9重印）
ISBN 978-7-5411-3974-1

Ⅰ．①日… Ⅱ．①董… Ⅲ．①诗集-中国-当代
Ⅳ．①I227

中国版本图书馆 CIP 数据核字（2014）第 259541 号

RIYUE XINGYIN

日月行吟

董先明　著

责任编辑	贺　树（156364808@qq.com）
责任校对	文　诺　王　冉　舒晓利
责任印制	喻　辉
封面设计	任　熙
版式设计	张　妮

出版发行	四川文艺出版社
社　　址	成都市槐树街 2 号
网　　址	www. scwys. com
电　　话	028-86259285（发行部）　028-86259303（编辑部）
传　　真	028-86259306

读者服务	028-86259293
邮购地址	成都市槐树街 2 号四川文艺出版社邮购部　610031

印　　刷	三河市嵩川印刷有限公司
成品尺寸	150mm×230mm
印　　张	13.25
字　　数	270 千
版　　次	2014 年 11 月第一版
印　　次	2021 年 9 月第二次印刷
书　　号	ISBN 978-7-5411-3974-1
定　　价	39.00 元

岁月闲情有好诗

◎郁　笛

　　老首长董先明政委的第二部诗集《日月行吟》就要出版了。这在我的想象之中，又超乎我的意料之外。董政委退休的这几年，成就了他人生的另一次转场，他从金戈铁马的军旅"战场"，转到了风云激荡的"商场"上来。他生活的舞台，也从美丽的新疆，转移到了锦绣之地的天府之国，虽然天南地北地奔波着，他的生命，却迸发出了异样的色彩。这便是诗集《日月行吟》的辽阔背景，她的底色上有大漠的粗犷和雄浑，也有江南的纤细和柔美。

　　说实话，答应为董政委的诗集再次写点东西，我却迟迟没有拿起笔来，一是我今年身在南疆乡村，网络信号不好，他发过来的电子版文稿，我没有办法顺利地打开阅读；二是我也还需要时间，从这些目不暇接的文字中，重新走进他的生活和心灵的现场，还原他的文字所裹挟的"人生风景"；第三个也是最为重要的原因，是害怕自己这点粗陋和浅薄的见识，辱没了老首长的智慧和才情。所以心里惶恐着，迟迟不敢动笔。

　　作为跟随了首长几十年的老部下，我说这些话，是有心理依据的。想当年，我还在连队当兵的时候，董先明就是我们营部的教导员，后来我到他的身边当文书，从营部到团部，他也从南疆到北疆。一路走来，他在工作中的严厉和严谨，生活中的宽厚和宽容，以及他在业余时间的书法和歌声，都给我留下了深刻的印象，也使我常常羡慕不已。但我唯独没有想到他的诗歌会写到这样的程度，特别是退休以后，可以用"文思泉涌"这几个字来形容。我在想，是这么多年的军旅生活遮蔽了他的文学才华，还是这些潜藏在血液里的生命激情最终成就了他的军旅生涯？你很难想象，这样一位在边塞的长风里沐浴了几十年的军人的血液里，会潜藏着这么多的浪漫和激情，这么多的温馨和诗意。我甚至想过，如果时空倒错，一切可以重来，这个职业军人的生涯里，会不会有另一种人生的色彩？

一切假设都只能是假设，所有的人生都不可以重来。在大时代的裹挟和个人的命运之间，总是充满了太多的悬疑和不确定性。不过这些话在董政委这里似乎是不妥帖的，因为他总是在自信和从容中面对人生的一次次选择。就像这些诗歌，似乎突然从他的心灵中迸发出来一样，其实是这些诗歌，在他的内心里积压和堆积了太久的缘故吧。

相比几年前出版的第一部诗集，《日月行吟》更是一部悠闲的诗集，是人生的另一重境界。这是董政委作为一位诗人在脱下军装之后的另一种真实状态：虽然他的脚步匆匆，总是停不下来，但是他的思索、感悟，有时候是他的奇思妙想，在路途中，在所到之处，总是能够停下来，总是能够让一些不一样的发现和独特的感悟和思考呈现在自己的笔端。

我想说，多么丰富的人生，就会铸就多么富饶的灵魂。军旅生涯，商场风云，天南海北的人生奔忙，并没有成为诗人的心灵负累，而是成就一个诗人静心养性，宁静致远的心灵养料。

我以为，《日月行吟》是一部宁静之作，也是悠闲之作。这些作品，更需要一些清净之境和岁月的闲情来欣赏和品读。我没有敢贸然在这里引用书中的诗句，是因为我坚信，真正的发现，一定是来自于读者诸君的眼睛，希望并通过您的发现，再一次呈现这些散落在书页中的诗行，诗意地抵达，才是我们真正需要的闲适生活。

2014 年 7 月 27 日晨 7 点 43 分
匆匆于旅途中

灵魂追思

感悟人生

附：**散文诗**

日月行吟

大漠情怀

高原军魂（组诗）

    2013 年"八一"前，我随五粮液集团四川京都联合酒业股份有限公司的闵董事长、黄总经理在原喀什军分区胡司令员的陪同下，前往帕米尔高原看望慰问一线守防官兵，所到之处心灵一次次受到震撼，遂吟成句，有了"高原军魂"这首组诗。

守望界碑

怀着绿色的梦想

护卫着山石间无言的界碑

把满目的荒芜

瞭望成一片温馨的家园

那一块块冰冷的岩石

和那一层层融化不了的冰雪

都以故乡庭院里一草一木的姿势

撞击着士兵心中美好的憧憬

目光每一次与界碑接触

生命的激情都会把钢枪拂响

那翻飞的雄鹰

在界碑的上空自由地翱翔

追逐着鹰笛的节拍

士兵的目光里流溢着七彩的光芒

把站立的山峰与旷野

笼罩在一片鲜艳的色泽中

使那些旺盛或衰弱的生灵

都在这片温情的环绕下茁壮

高原哨所

日子是撕不烂的云朵

在绛紫色的指尖绕来绕去

把一张张年轻的脸庞

冲刷得高原般内涵丰富

此时的太阳

以一种宠爱的心态

抚摸着凛然不可侵犯的哨所

把风沙肆虐时遗落的尘埃

晾晒得温情脉脉

在这种被美丽充盈的地域

年轻的心房失去了歌舞升平的念头

保留了苍穹下戍边守防的青春活力

把日子放飞成云朵的时候

每个日出日落都绵延成坚韧的丝萝

情感在丝间游离成跳跃的片断

如目光般灼烤着士兵年轻的心事

纵使那些多梦的夜晚

美好的梦境也无法抵达遥远的城镇村舍

只如那只孤独的苍鹰

在空阔的蓝天下不停地盘旋

那支在哨兵胸前滚烫的长枪

用幽蓝的枪口诠释着一种深沉的鲜活

透过哨所的眼睛
透过高原的漠风
可以清楚地读到一个
关于和平鸽飞翔的旋律
关于橄榄枝律动的故事
在一种常人难以抵临的高度
正在演绎着

巡边路上

把一种希冀
种植成意象的绿树
在雪域高原巡边路上
陪你伫立
行走
畅想

即使风雪覆盖了沟壑
冰丛封锁了小路
或现或隐的足印
也会以春柳的方式曼舞轻扬
渲染成浪漫的诗行
在高原的风雪里
欢快优美地流淌

已经很久了

这种被意象成梦境的希冀

一如落在战士睫毛上的雪花

融成无味的泪珠

摔在冰冷的地面

遥想在那支锃亮的枪上

长成寒光闪闪的准星

瞄着前面的每一段险途

但扣动扳机的他

却如身边的雪峰一样

静默成高原上一处高耸的塑像

你以平和的心态

固守着最初的那句朴实的誓言

在一步一步走过的地方

书写成一份厚重的履历

以书签的形式

掖在高原和雪峰的一道道皱褶里

让所有认识不认识你的人们

在阅读生活时

能够分享奉献的篇章

国门守护神

来到帕米尔高原国门
心宇澎湃不已
好像生命的全部意义
就是为了这短暂的约定

红其拉甫前哨班
一群撼人心魄的军人
塔吉克人把你们誉为雪山雄鹰
可在我心里你们是
光耀中塔友谊的国门守护神

冰峰锻造了坚贞
大漠铸就了忠诚
飞沙遮不住鹰隼般的眼睛
狂风掠不走磐石一样的身影

沙哑粗犷的嗓音
是缺氧的反应
紫黑粗糙的面庞
是漠风混着紫外线的慷慨馈赠
而你庄严的一站
站出了辽阔疆域的一派和谐安宁

猎猎五星红旗

彰显一个民族的伟大精神

赫赫喀喇昆仑

昭示中塔人民世代友好的永恒

别了帕米尔高原

别了红其拉甫的官兵们

挥泪回眸

只一瞥

即酿出毕生的崇敬

车过塔里木河

穿越了塔里木河

就像一只鹬鸪

在秋风里缓缓飞行

她像历史一样蜿蜒

我只剪取一截秋日的风景

已改踉跄的脚步

每一片涟漪

都在行吟

我想栖在胡杨的肩膀歌唱

那金黄的飒飒之声

更加无比动听

像历代的诗人

都从唐诗宋词中走出

诵读着当代《诗经》

朦胧而清新

我仅聒噪几句

借一点漠风拂心

告慰这戈壁精灵

九　月

在新疆
这是色彩渲染的季节

一望无际的棉田
铺天盖地的白

育肥的牛羊
随着响鞭欢快地走过旷野

天空收割了美丽
送来缕缕乳香的薰袭

湖水汲取了流云
映出麋鹿的慌乱与惊悸

胡杨峥嵘
掩不住那抹金黄的光泽

雪山磅礴
高邈的彩莲艳得风姿绰约
人们种下绿色的舞蹈
收获梦幻般的韵味

戈壁一棵树

只是站在原地

没有奢望　没有欢舞

我走过　也走的是自己的路

已是深冬季节

她披一身雪

让我想起了冰肌玉骨

不动声色

已摇落了一地孤独

天地很静

她比天地更宁静

走近她的那一刻

我加快了自己的心速

在这个凛冽的时节

谁的歌　能触动心中的景物

放慢脚步

我回首一望

柔风恰好

惹她浅浅一笑

雪中的白杨

在高指蓝天的记忆里

怀着一泓希望的葱茏

从静寂的心灵深处

迸出一股绿色的风

驼背低吟

撞响沉钟

灿烂成一串金黄的幻想

像沙漠里天边的云松

站在岁暮之端

仰望宇宙

只有希冀的云在浮动

人们说它死了

而它在碎雪的覆盖中

做着黎明的梦

在梦中拾掇绿色

献给春天烂漫的梧桐

英吉沙小刀

悠长的老街
声东击西的捶打声
是你中气十足的心跳
你的呼吸发于一粒火星
千百次的捶打
寒光没有退步的意思
这是一种坚守
一种骨气和节操

我喜欢你的精致
喜欢你的小巧
喜欢你锋利的性格
喜欢你锋芒的唇边
更喜欢你切开甜蜜的感觉
如果你能切去烦恼
那该有多好

沙漠公路

沿着古丝路上未散的驼铃声
我的车辙与千百年前
探索者的足迹
重叠

这条长蛇般沙海里蜿蜒的道路
把期望与目的无声联结
那些跋涉的劳顿与困苦
那些充满危险与恐怖的过程
全被轻轻忽略
使同样有明确目的的行程
没有了迷失方向的恐怖和困惑
流动的沙丘
从玄奘的脚下游移而来
飞扬的漠风
曾吹起张骞沉重的征袍
而此时
它们一如昨日的狂放
用不变的暴唳
考验着现代文明的杰作
是谁以巨灵般的智慧之手
让这死亡之海复活

沙漠公路用它神秘的方式

把历史的纵深

浓缩

大漠落日

那一轮灼热的太阳
是从古诗词中走来的精灵
承载着戍边人无限的情思
扇动着巨大的翅膀
飞落在杜鹃鸟的口中
在清脆驼铃的节奏里
啼血
走在天际的旷野
脚下的路在沙海里
变得柔软无助
把我心中的豪情拉扯成
天边一缕缕云彩
随着漂浮的风沙
一起无声流失
那轮火红的夕阳正缓缓下沉
如同我眼睛里一颗圆润的泪珠
滴落
那是一天的终结呵
但前面的路程依旧遥远
旷野里
潜在的黑暗在伺机闭合
这轮圆圆的落日

把最后的光辉
涂在我身上

西域烽燧

一部凝固的战史
一缕永不消散的烽烟
以天山般绵延的跨度
谱就一部古丝路雄浑的乐章
一腔豪气，擂响嘉峪关的钟楼
一世英明镌刻在葱岭的山脊
昔日崛起的威武
虽颓落为残垣断壁
但线装书，古剑戟
描绘了英雄民族不朽的史册
伴随着悠扬而清脆的驼铃
与铁马金戈的颤动
在夕阳铺就的热血征途上
传递着从中原到波斯的飞檄

远古的梦
在沙丘样的遗址上缭绕
每一座塞上烽燧的结构和经历
以及戍边守燧的士卒

谁说边陲遥不可及
蓝天下帕米尔一支绝唱

烽燧的赫赫雄姿

铁骑的皇皇蹄音

都化作与万里长城首尾相接

坚如磐石的西域历史

从昂起的头颅里推出的结论

正是广袤的中华疆域

万千气象（组诗）

沙尘暴

起风的路上

一粒沙　张开了翅膀

越过山峰　河谷　溪流

一粒沙跟随另一粒

风在逃亡沙在流浪

没有归宿的路途上

一粒沙的脚步

挪动了　一地月光

沙尘笼罩的心事

像那棵孤独的胡杨树

年年都在发绿

沙尘舞蹈的天空

白云　像一块抹布

扑满尘土的脸是一面镜子

内心的渴望　干净而透明

龙卷风

风的形状
是幻想的巨龙
却是真实的闪电

一阵风，把花朵吹灭
天空是一道没有窗口的墙
风绕着天空行走
路上遗留下风的碎片

在达坂城，龙卷风
一年就这么来回两次
河流、山冈，行进的列车
就这么，摇来又摇去

天空的大门推开
龙卷风，卷走一地阳光

泥石流

暴雨倾盆而至
大地的骨髓　被雨声击碎
村庄散落了骨架
石头在咆哮

一座大山奔走的路上

乱石飞溅　沧海横流

村庄　房屋　稻田和一只麻雀的眼神

露出一道道伤口和斑斑血迹

石头要去哪里

山与山的链接口

瞬间　丢失一段光阴

石头要去哪里

冲毁的家园

一滴鲜血和一滴泪水

把流水与泥土的纠缠　阻隔

火烧云

让我去触摸一次

云的温暖

是否和你的忧伤一样灼人

让我去添一把柴火

把云的内心点燃

是否和你的遥望一样炽热

燃烧的时刻

总是如此美丽

一朵云的高度就是一团火焰的高度

燃烧，才是最短的距离

一朵云
需要一团火的温暖
燃烧，绽放绚丽的色彩

流星雨

漂亮的夜空
交给　一颗流星
像漂亮的你
交给我一个眼神　隽永悠长

这场雨来得太晚
相望的心　很久
期盼　总在激情中碰撞

看过的流星雨
火焰一般　燃烧
记住的流星雨
眼泪一样　滑落
比空气轻比流水响

日月行吟

山水之恋

春到白沫江

平乐，一个梦幻的王国

理想纷纷扬扬

天台山的雪

一低头的温柔

烦恼已在脑后随风轻扬

爱情，绕过等待最美的声音

再难耐的日子

腰肢也会涟漪起伏

风摆杨柳

笑声浪花般绵长

早晨的太阳像柔美的茉莉

在人们的脸上绽放

可人的小草从残雪的声音走出

那桃花一朵朵插满枝上

那些一直醒着的夜露

站在低处

没有张望

只有怀想

牧归夕阳

水，盛着月光

茶，眠在心底

诗，构成了田原牧歌夜乡

那些日日种进泥土的腿

用纯正的方言

讲着盐铁的故事

邛酒的故事

"凤求凰"的故事

一些古老的句子

浮在水的表面

把乡村弄得沸沸扬扬

倾听的耳朵

长满两岸

倾听江水的声音

江水发出下雨的哗哗声

像一个人在梦中说着情话

情通天下

水落远方

雅安"三绝"

听 雨

茶马古道的幽灵

背上层峦叠嶂的二郎山

补天的痛就化作缠绵的雨

轻声落地

多少日出日落，春夏秋冬

女娲的泪，一滴一滴汇入河中

走进雨巷

无论是幽静的青石小径

还是惹眼的青瓦白墙

夜有千丝雨，日无三日晴

雨城恬柔的烟雨缘何让世界着迷

是西蜀天漏的传说

还是纠结的痛打湿了世人沉甸甸的思绪

假如有一天你走进她的世界

方能领悟那美丽的传说

以及有关那个雨季曾经发生过的故事

品　鱼

冰冷的月终将我的背影推上周公河
我羡慕河里的鱼
悠闲自在地摇摆生活
让我的目光尾随它轻盈的舞步
任思绪融入那清澈的旋涡

看幽风轻拂，吹皱柔柔细波
我知道补天的宝剑在你的骨头里
既不生锈也不钝拙
你是圣母钦赐守护这江河的佩剑使者
而我却津津乐道于你的唏嘘
面对一江春水，一错再错
当年亵渎你清莹莹的水下宫殿
亵渎了自我
悔恨，将我的忏悔葬入江河

观　女

古道上的魂早已随沧桑远去
上岸的鱼摇曳成美丽的少女
清柔的唇，典雅娟秀的倩影
秀外慧中，内敛温柔的性格
一方水土养育了一方水灵灵的人

让闭月羞花，沉鱼落雁淡淡远去
今天的雨城满世界都飘逸着你的灵气
女娲补天，大禹治水
雅女的香魂早已悄然撒落在天地间
是谁，赐予这小城动人的名片
让美丽，花开千年

啊，圣母脚下这片美丽的沃土
今夜我静静地听你
慢慢地说
细细地谈……

康定寄情（组诗）

我的爱闪烁在月光里

与月光对话的手语
把我的青春
轻轻勾起

月光照着流水、绿叶和姑娘的辫
月光里有山峦、草地和悠悠的歌
有回眸一笑的妩媚，有霓裳舞风的飘逸
氤氲的夜气，心音翻飞
时间在我的渴望中不断流逝
世界在你的呼吸里沉默不语

爱，磅礴如一场大雨

那梦中的你策马扬鞭
和我一起去了康定
看溜溜升起的月亮
如何朗照青山绿水
如何弯了又弯，弯出满天
诗情画意

然而，诗人与商人的灵魂
永远也读不懂
当我一转身，蓦然回首
跑马山的峭壁上天影一个
硕大的"情"字
是心仪，还是爱的写意

原来如此
我的爱，闪烁在月光里

在背夫塑像前

看见你的背影
心情变得
沉重
惆怅

你

背着凄怆

背着悲壮

背着与死神的较量

背着祖辈对生的热切期望

透过迢迢天路

沿着坚韧的方向

一步步颤抖的脚印

都是血泪谱就的生命乐章

在茶马古道上

你背出了

谁的释怀

谁的忧伤

谁的脊梁

雪山晚宴

贡嘎山的召唤

把我们从成都吸引到

海螺沟的磨西小镇

来了却一个深深的心愿

一群特殊的人

为一个特别的人

过一个独特的生日晚宴

烛光在燃烧
酒在燃烧
情在燃烧
燃烧的火焰
点亮了人们的笑靥
点亮了皑皑雪山
仿佛山有了灵气
人有了灵感
满世界都荡漾着美的波澜

卓玛的哈达让雪山增灿
姑娘的歌声惊艳了杜鹃
男人的豪饮惹得溪流涛飞浪卷

今夜
纵情的人啊
没有尊卑贵贱，世俗偏见
所有的表达都是那么
随性、投缘、率真、自然
就像晶莹剔透的冰川
塑满瑰丽的山岚
涵养在天地间

山　魂

二郎山
歌里的山
心中的山
我虔诚地走近你
仰慕中添了几多豪情

太虚间一声轰鸣
注定你与生俱来的不凡命运
巍峨、雄浑、险峻
至今还回响着背夫的足音
于是，成就了你热血男儿的不屈个性

你伫立西川，追逐光明

你青春勃发，四色分明

躁动的情愫不失时机地展露热情与坚贞

使藏汉人民不离不弃，愈加亲近

你袒露的是一部凝重的史书

你翻阅的是藏汉民族美好的愿景

你心如止水，却拥有激昂的神形

那长眠地下的开路勇士正是你的山魂

二郎山

歌里的山

心中的山

给了藏汉儿女永远的温馨

纵使天荒地老

你依然铁骨丹心

风雨夔门

伐吴兵败

退守夔门

绝望的等待

如高山沉默

怎么敢将心事向

一览无余的关中呈现

任凭泪水横流

放弃四面八方的去处

选择了天开一线的夔门

为什么这涌动波澜不惊

而心碎

如同此时巫山云雨暗淡

三分天下

搁浅在白帝城的岸边

这么美丽的江山被弃

包藏太阳的黑夜含着悲痛

含着难耐

含着心酸

我们在《出师表》里叩首

马嘶弓鸣

刀光剑影和着一声声呐喊

托孤

已无力将三足鼎立还原

江水斑斓

泪水漫卷

三峡如墨

夔门如烟

历史的荣耀与遗憾

化作一章章传奇是重岩叠嶂的山峦

虎啸猿啼

雾绕云翻

天　路

乘火车在青藏高原飞翔
不再想象站在云朵之上
舒展双臂，飞临尘世难以企及的高度
脚下的山冈，延伸的道路
正通向撒满阳光的梦想天堂

仰望，仍须仰望
头顶的苍穹纯净又纯净
犹如清水洗过的蓝宝石一样
放眼遥望，抵近天空的地方
美轮美奂的布达拉宫金碧辉煌
蕴藏庄严、神圣、静穆和吉祥

沿着奔腾不息的雅鲁藏布江
心中的天路一如追逐的波浪
由生命的原点向着精神的故乡
一路穿山越谷，一路澎湃激荡
掬一片白云献哈达
跳起锅庄就能抚摸到筑路人的心跳
唱一曲藏歌就能诠释一条天路的信仰

海 子

宁静的草场
是我久远的梦中沉淀的一块海子
蓝色之唇

海子的头上
是草甸，是马
是苍凉的风中悬挂的鹰
是风暴的骸
是枯死的根
是阳光不能融化的冰

海子的身旁
是牧羊人的女儿
倒影在我目光之中
满身的银器
以及她酥油茶一样喷香的表情

海子的周围
是雪域中刚刚复活的五月
在一枝格桑的尖上
突然折落
整个高原，霎时
凝固在傍晚的血泊之中

我酣梦顿醒
大帐外，千里草场
依然十分宁静

雍城的早晨

一夜细雨无眠
缠绵通宵
让晨起的雍城充满诗意
不知名的鸟儿
啼啭流泻
滋润了多情的心巢

罗汉寺钟声的余音里
听得见
诵经声嗡嗡如潮
像天堂瑶曲
在空气中袅袅弥漫
井中禅波叮咚
如我心跳

广场上跳荡着时髦的流行音乐
摇摆的绿叶红花
摇得妖媚
扭得妖娆
竹溪公园的深呼吸
吐纳着一个和弦交织的拂晓
沿着霞光铺就的北京大道

粘贴飘动的彩带
让轻轻吹拂的风
把春天的颜色舞成火焰
在嫩绿的背景下
噼啪燃烧

江南一页

流水在二十四桥那边

流去后

吴越的烟云

换得回

谁家的民谣

雕花的门栏

锈迹斑斑的门环

轻叩处

是醉醒石上

许过的前世情话绵绵

翩翩行过的

是怎样的故事

叙述出的二拍三言

亭台犹在

月尚未转轮

坐看花开

黄昏晚来的是

宋时的逍遥

名士的洒脱

江流石转

说什么霸业雄图

云升幻影

至平处落幕萧然

锦文未书

华章草就

青梅煮出

豪情万杯盏

小桥水

智者钩

钩去残云凉月漫天

江南一页

翻时易

合时难

个园秋色

能用生命写出"个"字的
只能是竹
能关住满园春色的园子
只能是个园
这座玲珑的园子
连名字都脱俗

秋日的个园
阳光有些慵懒
从个字里筛出
沾满我流连的脚步
你突然赶来
让我的身影成了双数

个园的美很婉约
很适合我独自细细品读
抱山楼的长廊
很容易抱住我
特有的孤独
但因为你的到来
诗成了整个园子的风物

修篁弄影

竹韵回荡心路

你陪着我悠闲地走

目光轻抹处

满是个字的草书

那是我心灵长出的狼毫

在恣意挥舞

彩莲已谢

池中硕大的叶盘

像船任思绪摆渡

真想在池边坐一坐

让心情自由沉浮

但千万别触疼我的往事

那会轻慢满园翠竹

南风中的沙家浜

一片水声从窗前流过
仿佛轻灵的弦歌
那么温柔地淌在昨夜月光的梦里
淌在一荡荡的荒芜纤纤的相思中

从青石路上款款走过的姑娘
仿佛来自古典的画中
有杨柳的细腰
有流水的眼波和稻花的体香
她鲜嫩嫩的瓜子脸
像荷花
开满了河流、湖泊和池塘

水鸟低飞
它们在南风中落下的声声啼叫
仿佛脆脆的春雨
仿佛甜甜腻腻的吴音

带着绿茶的清爽和米酒的香醇
浸软了多少岁月青春的时光
只有春来茶馆的七星灶上
阿庆嫂的铜壶

还沸腾着一段传奇的历史

多么恬静的光阴啊
渔歌就像飞扬的苇香
流水就像铺开的丝绸
我只要撸一挂船一只
在那茫茫的芦苇荡中轻轻地摇
迂回一段水路
穿过一片幔帐
这飘飘荡荡
仿佛已过半生时光

另一种爱

黄昏，初上崇明岛
一切都是那么陌生
却让我爱上了异乡

晚风吹开遍地丁香
为我送来淡淡的芬芳
我深知，从此
我焚烧着的胸膛
就要呛进大海的蔚蓝和盐
命运一如海面上待修的船
巨大而悲怆
然而，这些并不能使我停下来
那是因为
这里有我潮湿的书写和歌唱
尽管，天空仍然一片阴霾
但阴霾的天空已经透露出
一线光芒

珍珠湖

黛黑的情

幽深的恋

清凌的水韵

深邃的意境

阳光艳丽

无一同你媲美

你是螺髻山

一颗女儿蓝的晶露

潇洒地嵌在群山之怀
如地宫奥妙的门
如邻近天神圣洁的海

地质孕育的珍珠
雪山中迷人的眼睛
第四纪冰川板块的激撞
酿制的血浆
没有雪水一泻千里的气势
毕竟有过壮烈的诞生
即使有一天
变成干裂的沙石
人们也不会忘记
在这神奇的大凉山上
太阳和月亮同时烙上了一个
诱人的名字

堰塞湖

山崩地裂

一下子固定了你的命运

哪儿也去不了

一千年过去

一万年过去

但你并不寂寞

凭你明镜般的胸怀

不难交到友人

你仰望蔚蓝色的天庭

蓝天携着白云走进你的怀里

你让自己喂着的鱼畅游在蓝天白云间

唯有猎鱼者不解风情

一网一网……

直到打回一船繁星

福山感慨

南岳的松涛
挟裹着潇湘的云雨
拍打着心岸
誓要荡涤尘世的污浊和念想

站在顶礼膜拜的经殿
心中涌动云謇一片
我轻咬梵语
福山寺屈将室的铁窗怎能关得住
抗战兵谏的忠肝义胆

佛说

不生不灭就是最大的涅槃

那一炷炷香火是对浩然正气的祭奠

那一丛丛纸钱是对不屈精神的礼赞

一阵钟声

铺开飞雪满天

引来庙前簇簇寒梅

正向山冈芊芊绵延

爱在崇州

爱是一种浓烈的酒
饮了就化作思念
让人回味悠远
抹不去，忘不了

爱是一团激情的火
今夜在这陌生的城市里举杯
一刹那
整个世界都为你燃烧

爱是一块甜蜜的生日蛋糕
缘于此，情于此，心于此
所有的祈祷
都被幸福缠绕

爱是一件让泪记下的微笑
所有的故事都开始在街子古镇的河边
涉江而过，芙蓉千朵
月色正好

燃烧的杯盏

日子低吟浅唱着
一如绽放的花瓣
楠木溪的风悄声细语
便应答了五月全部的诺言

燃烧的杯盏
犹如流体的火焰
那满心的琼浆
奔向这个欢乐的夜晚
举杯吧朋友
这燃烧的杯盏
灵动的波澜
都倾情为你点燃

人生并无幸运可言
酒海从来没有彼岸
那就剪一叶风云将梦想装扮
采些诗意观照明天
沿一路厚重走向久远

山　村

古板的历史写就阡陌
毛手毛脚击响新的歌诀
麦穗与谷粒亲吻
满足土里土气的嘴巴与长舌

牧鞭策动醉醺醺的炊烟
星星眨着村姑般的美丽与诱惑
忙与不忙都在这条山沟里
梦的缤纷装满瓜果溢香季节

灯是颗夜明珠
聚着山村的灵魂
虔诚和希望燃烧着火把
带给涌动的夜色

牛是山沟里的雕塑
金凤玉露巧为不速之客
背着太阳过山
扛着月亮过河
峥嵘与嶙峋浇铸山村岁月

只想做一颗琴心

三月
草长莺飞
琴台亭
不见当年丽人

天台山温柔残留
却不知
谁能当垆
谁能涤器
谁是知音

一曲风流千古的《凤求凰》
翩翩行过一对生死厮守的才子佳人
一口清冽如饴的老井
酿一坊并蒂深情

一面高挑的酒旗
挑出大胆叛逆的精神
一首如泣如诉的《白头吟》
牵动幽幽香魂
漓漓沫江
叫人一见倾心

袅袅细雨
洗不去码头上私奔的遗痕
汉时的浪漫
让一个小城有了大名声

如今
井依然
琴犹在
弦已断
月尚明
喧嚣的酒肆愈加冷清
有人惆怅
有人哀叹
有人不平

可我
不为所动
因为
我不想悲天悯人
我只想做一颗孤独的琴心

天府之源

一个郡守手握一把长锸
站在滔滔不绝的江边
与金杖玉玺、铁戟铜锤大声论辩
终于实现了一个"守"字的原始造型
成就了世界水利工程史上的亘古奇观
——都江堰

四川有幸，中国有幸
公元前 251 年，看不出面影的李冰
却有着"浚理、消灾、滋润、濡养"的
伟大抱负和卓识远见
水旱从人，使命高于天
稻香飘千里，清流出高原
手握长锸的郡守，使旱涝无常的成都平原
变成了富裕殷实的天府之国
从此占据了邈远的时间

站在伏龙观
眼前急流浩荡，大地震颤
阴气森森间，延续着一场千年的征服战
"深淘滩，低作堰"，"遇湾截角，逢正抽心"
就是这些大愚又大智的水汽淋漓的方略

就是这些大拙又大巧的典籍难觅的治水箴言
把翻卷咆哮，肆虐凶悍的湍流
付于规整，付于企盼，付于人愿
那仁义的鱼嘴、飞沙堰、宝瓶口成了灵动的生命
永远"活着"的旷世遗产

没想到，怎么也没想到
"5·12"带血的刀锋，会在你的面前卷刃
疯狂的地魔，会在你的手下一败涂地，人仰马翻
当阴风消散，地魔遁去
硬扎扎的古堰，犹如浴火涅槃
巍然屹立，道骨逸然
世界再一次被你折服，被你震撼

你是堰，是爱，是暖
你是骄子，是希望，是天府之源
云接远钟，水抚石滩
峰送清流，庙宇高轩
穿过轰鸣如雷的水声
我看到无数的人们
向死于两千年前，至今仍然站在江心的岗亭前
还在指挥水流的李冰石像

默默祭奠

冥冥之中，心里突然升起某种奇特的意念

只要都江堰不坍

李冰的精神就不会消散

李冰的子孙就会代代繁衍

这轰鸣的江水

便是至圣至美的遗言

房琯·房湖

1

一抹淡黄的霞光
照耀着湖水此起彼伏
水面灵动的波光
忽近忽远
水鸟低旋的身影
明明就在眼前
却把我带回唐朝那段
疼痛的深处

2

房琯，剑胆诗心的名相
临危授命，没被"安史之乱"的
灭顶之灾淹没
却被宦官的冷箭穿透
耿耿脊骨
"细罪不赦大臣"
金口吐成桎梏
灵魂被窒息，呼吸被约束

睡梦中飘过一丝笑影
也会带来恐惧

3

不合时宜的人
自有合理的去处
当肆虐的洪水得以平息
唯有那奔突的思潮
在惊涛骇浪中
蜕变成波澜不惊的
房湖

4

那幽幽湖水，是彩虹的梦
揉碎在浮藻间
沉淀出思想的深度
那粼粼波光，是星辉斑斓的歌
传递一种无法破译的语言
释放出理智的含蓄
在诗潮澎湃的时候
花香沁满肺腑
一怀蔚蓝
留下无数思绪

被飞燕衔着，轮番啁啾

湖畔严肃的金柳

5

如今，你成了不设防的公共场所

成了友人、诗人拥抱的园囿

呵，房湖

似烈烈丈夫，又如哀哀慈母

吻过章山的印膛，亲过洛水的面颊

送走龙居寺的黄昏，吸进三星堆的清露

像卜释的鱼凫

湖里春秋

妩媚千古

6

当我漫无目的地踏过

荫深静谧这湖山这小路

穿过喧嚷的闹市

回望雒城，依稀看见

作古的智者头顶一片白云

正从湖边走向深不可测的低处

也正在向着不可希冀的未来走去

只有灵动的湖水，嘶哑的吟哦

断断续续

访大千故居

天近黄昏

小院

矮矮的厢房、书屋

还点染一树紫藤

一张长桌

一把旧椅

墨盒

笔筒

大风堂风雅风韵

花树书院热闹

伴了几分冷清

读那些岁月

想起怒放的海棠

长衫披着

懒懒捋捋胡须

又握笔管蘸了浓墨

目光冷峻

把生命的精髓

将心灵的膏腴

凝聚笔端向自然馈赠

笔墨似刀
略勾大形
托裱一层纸
泼墨泼彩
墨彩漫然浸染
辉映成一幅幅雄奇丽景
神来之笔
妙手丹青
大千世界
旷世一人
脚步轻轻响了
驾幸笔冢依然精美绝伦

笔筒
墨盒
一把旧藤椅
一张木桌斑驳漆色
小院
还点染一树紫藤
大风堂
风雅风韵
再读一眼牌匾
门前生动
霓虹剪影一个永恒

梨花雪

天生的白
山白，岸白
村舍皆白
白到不能再白
比雪还白的梨花
像正在脱衣的美神
露出玉肌的肤色

唯美的白
白得风情万种
白得冰清玉洁
白得风姿绰约
白得柔肠百结
此时的我，耐不住清纯乳香的熏袭
仿佛坠入花瓣深处
听到亿万支花蕊弹奏春天的音乐

一壶清风明月
两耳天籁虫鸣
月光从花间漏下的光斑
恍若隔世的岁月
倾慕，唔临

大静如空的梨香春夜

隐于濡染淡雅的灵魂

正酝酿着一场悲壮的生离死别

梨花的绽放是时间的恩泽

我能了悟这韶华苦短

我能听懂这婉约的疼痛

我却无力拯救这凋谢的美丽

舞一袖缤纷之爱

撒几缕芳魂缭绕

为梨花送行的阳光，眼睁睁地看着

绵延千古的九龙古道上

下了一场纷纷扬扬的

梨花雪

日月行吟

灵魂追思

春　夜

我从你的手中触摸到风的温暖
你肯定不是我来时的那条旧船
我不怕冬天里那白雪反光的镜子
有那么多强盗逼着我逃亡
那些无名的陷阱带来的阴谋
曾经是那么想让我蒙受名誉的羞耻
我勒紧我的腰带向风向雨
向小树探出小小的绿低头
我知道有许多门槛带有挑衅的意味
像我的爱既傲慢又坚韧
我向着那撕裂的声音倾听
缓缓地越过低温和潮湿
我从春夜里躺着的绿洲出发
以融雪的光照亮你前世的高山

故乡情缘

你的炊烟

太阳一样温暖

宽广的田野

浅溪幽蓝

总让我枯萎的诗歌

栖息在源泉

汲取鲜活的灵感

才明白故乡的骨骼里没有冬天

唐风汉韵

锦绣斑斓

掬一缕清风将曾经还原

都江浩渺

回响着治水箴言

青莲月明

镌刻过瑰丽诗篇

岷江浪润

滋养了东坡居苑

浣花水暖

浮动着骇俗愤世的洋洋长卷

站在锦江岸边
倾听你的召唤
琴声一般悠远
霞光一样明艳
天府秀色如染
一地芙蓉
半山梅兰

一粒红豆的时间
延续了千年姻缘
始终那么亲切自然
故乡
生命里最厚重的情愫
我送你一个思念
你还我一片灿烂

日月行吟

我喜欢

我喜欢行走
一生中都能有新的梦想
苍穹万里　地狱天堂
只要是星辰指引的方向

我喜欢停留
生命里只有单纯的等候
冬雷夏雨　情禁心囚
让所有的朝雾夜露都汇成河流

我喜欢潮起潮落
一生也可以这样从容度过
让音讯断绝　让希望沉没
只留下一首无言的歌

水中月

天上一轮月圆

水中一轮明月

水中的切近可捕

天上的无路可攀

我划一叶小舟

想把它

舀进游船

一举勺

它碎了

化作一道斑斓的光环

消失在岸的草边

像儿时拾掇落花

拐起无数波光片片

傍着秋月的美姿

扎一个金色花环

挂上东方的山头

黎明又是红日冉冉

羊角花^①

一个难奈的别称

寂寞的心

千年冰凌也惊惧你的冷

破裂红尘

贡嘎山挡不住你脱俗的芳名

一团团火焰

一朵朵红云

一颗颗诗心

一生生痴情

你的爱在无语中烂漫

你的情被炽热的锅庄提升

相印的心

攀上高山流水的知音

飞舞的雪花

洗练你不老的灵魂

茫茫苍穹

忽然睁开明亮的眼睛

① 羊角花即杜鹃花的别称。

致黄太明

你，披坚执锐
曾为军中铁血男儿
你，八面来风
今为蜀中商界俊杰

你静如处子，心仪卓越
睿智的大脑总会给人匪夷所思的启迪
只是轻吟曼妙的一笔
便绘下历练千年的御营春色

你动如猛虎，秉成激烈
就像当年驰骋沙场活力四射
面对一个个稍纵即失的商机
捕捉的身手依然那样神速，那样敏捷

你是时代的骄子，爱的使者
时间的涅槃，让财富向社会惠及
你播下幸福的种子
收获无穷的人生魅力

可不可以

可不可以收藏些热烈
当寒冷来袭时
温暖我们的心房？

可不可以收藏些明亮
当迷茫遮掩眼眸时
清晰我们的思想？

可不可以收藏些阳光
当暗夜无边笼罩时
明媚我们的方向？

御营春

不知要多少次
春日的雨
夏日的雨
冬日的阳光

不知要多少次
朝思暮想
汗流浃背的历练
甚至心旌神荡……

一坊智慧
融于五谷杂粮
才蒸馏出
这醇醇美美的玉液琼浆

千年酒事
满贮芳香
琥珀的光泽起因一种
极深极久的埋藏

曲水流觞
风云际会德阳

壶里乾坤大
杯中岁月长

举杯的人啊
难道你还无所察觉
这御营春
就是你燃烧的激情
怡情悦性的正能量

禅　意

当你默默地
默默地离去
说过的或没说过的话
都已忘记

我将我的思绪
深深地
深深地夹在书页里
好像年轻时那朵盛开的茉莉

也许会在多年后的一个黄昏
从偶然翻开的扉页中落下
没有芳香
再无声息

那时窗外
也许会正落着
细细细细的雨
……

如果雨之后还是雨
请让我

从容面对这别离之后的别离

一个不可能再出现的你

禅　树

在此静坐
摘一叶心事
摘下时间的禅意

时间的禅意
一片片落叶
梦的开始

梦是泊在西风的瘦马
我的唯一的
随晚景飘逝的自己

大器晚成
完成了入定
本身就是一种偈语

诗　韵

无论用寂静
还是用语言
哪怕是用令人
绝望的音乐声响
都无法对你讲

也许用月亮
或者用醇醇的美酒
浸着桂花的芳香
能对你讲
我在夜里的忧伤

也许用夜晚
喃喃细语
失眠的星光
注视观望

我永远也无法对你讲

诗　艺

诗应在时间中
凝然不动
如明月冉冉升空

诗应在情感上
汩汩流淌
如幽幽的荷塘

诗应呼吸
写下的每一个词语
都是对衰老的攻击

诗应幻想
移动犹豫的双脚
走在真实的大地上

诗应是一束生命之光
提炼黑夜的苛性碱和白昼的琼浆
还有
空气
水
光明和希望

诗应无言
就像鸟儿飞旋

想念的季节

飞吧
泪的桃花
哭红了春天的眼睛

飞吧
枫叶轻落溪底
行脚已没有风尘

飞吧
我们都把心门打开
让光明的窗照射进来

飞吧
萤火虫
藏进满天星
我是沉默的夜

红 豆

走过成熟的瞬间
我不再是你
根茎上唯一的故事

曾经的春色
正擦肩于沧海红尘
看不到梦中的笑靥
却如漫天飘零的黄叶
哲思般的秋阳仿佛在说
如果心是悬着的
人生不如死

于是
在心雨降临的高原
我拾一粒红豆
任由天地流放
去追逐相思的荒野

落叶纷飞

只有你与秋风温柔的抵抗

让一种规则

在轻轻的摩擦中

改变了模样

太阳的火苗

在每片叶子上闪跳

仿佛哲人在与季节娓娓道来

从宋代走来的词人

像悟空轻吹了万根汗毛

窸窸窣窣的

古老的词牌句缤纷地喧闹

我这当下的俗人

都感觉这金黄

犹如秋波一般妖娆

颠覆了古典的思考

浣花溪

那些沉淀下去的
墨香古卷的文字
如鱼般
被娓娓打捞上岸

那些被不停搓揉的花瓣
被蝴蝶采撷
回到春天

一幅帘幕轻轻飞起
不再回转的惊鸿
被后来者的感念驮着
展翅归来

一千年前的大唐
一场花事因你而起

在春天
尤其是在浣花溪
优雅地种植和收获一朵
芙蓉
或者海棠

脆生生的疼

薛涛用了一生的光阴
元稹的火焰
早已如霜冰冷
同心的水草
弹奏着琵琶
空谷足音般的穿越庙堂
穿越江湖
穿越今天

所有的花笺都叫爱
浣花溪一层一层思语的心
是薛涛井记忆的涟漪
将我们粉红的浇灌
粉红竟是如此揪心
如此血性

今夜
所有的诗液燃烧起来
溪流上
集聚着的每一簇彩霞
戎装待发
杯酒送征帆
策马出阳关

蜡　烛

当你把我点燃的
那一瞬间
我就知道
我这一生
彻底完了
唯有
看我怎么对你
倾情
燃烧

水墨芙蓉

浓了草色

淡了浮云

春水似墨斜飞白

看烟雨意境

全然是妖娆倒影

……

浓了清晨

淡了黄昏

等待了一个午后小憩

浓浓相宜里

谁走进了你的背景……

雨韵幽兰

第一滴春雨
是落在你心里的
于是风情灿烂成花季

软绵绵的雨水
包围了伸展的叶
和沐浴后你柔美发丝

雨季渲染得沉长
花蕊小小却延续情思
故事开始潮湿

当漫天都是风声
脸颊已分不清
你瀑落的是泪还是雨
……

自由鸟

飞起时
想想啊该有多好
阳光缠绕
心开始飘

张开所有的毛孔
享受劲风的呼号
苍山云朵上
身影扶摇

不再希望
也不会失望了
送去那悠长目光
只是九霄

杂七杂八（组诗）

野　菊

叶落尽了
你开朗的笑
令秋色深沉起来

九月的清香溢尽
你把馥郁的心事
举起　昂首秋风

谁在山头喊一声
漫山遍野的姐妹
如洪流滚滚而下

芬芳的野菊
你熠熠的生命之炬
照亮我　跋涉的脚步

文　竹

如烟似梦
你柔的腰肢
如一缕袅袅的云

谁曾醉心
将满腹心事
表述为默默无言

忘去苦难
朝夕相伴的日子
平凡豪气的昨天

在秋天硬硬的风中
你柔弱的坚强
轻盈了喧嚣的人生

蜡　梅

寒风一来
就把芳香
给了冬天

就在冬天的屋里

你打开了
春天的大门

腊月的季节
充满，香气
一阵风过
有了春的信息

水　仙

顾影自怜
你柔美的身姿
摇曳于粼粼波光上

一朵徜徉时间的云
在光与影的接壤处
展露　缱绻柔情

乍长乍短的舞裙
若明若暗的眼神
醉了　谁的曾经

默默相守一生
在你水意盈盈的凝望中
静静地拔节　吐绿　芬芳……

相思鸟

一生
忠诚诺言
一世
相依相伴
一首
思念的歌
从昨天唱到今天

一次次
心灵的倾听
一回回
深情的呼唤
相思在春的枝头
相爱走过了又一个冬天

岩　泉

从崖上直扑溪涧
时而连续时而间断
深情地倾听
殷殷地寻问春天

间断时

是痛楚的渗出

滴落时

是执着的洞穿

来自幽谷深处

流向宽广的自然

水的气质与山的魂魄

奇妙地生成一种坚贞的信念

珍　珠

沉睡于贝壳之中

置身于大海深处

浪里冲，沙里滚

忍受着难以忍受的折磨

……

黑夜一旦破碎

抑郁的生活

宣－告－结－束

这神圣的一瞬

迎来一个生命的新价值

那银白金黄的世界

由你闪烁

石榴花

那鲜亮的风景

八方蜚声

不只象征爱的裙裾

吐馨的花蕊

写满绿洲小夜曲的音符

即将凋谢的前夜

尚有秀茵回报

深情插入大漠

殷红的石榴花

从百灵鸟的鸣啭中

从星星的眼神里

依然找到那脉脉的温馨

无花果

漠风又一次刮过来

数不清这是对你多少次的裹挟

在你的履历上

谁也说不出

你到底是蜜桃的挚友

还是红杏的远亲

树梢上的你

无花有果

105

总在收获爱情的季节

当你豆蔻年华
人们才发现你的秘密
你原本是
向荒原赴死的英烈
甘愿供放于昆仑祭坛上
一枚最甜美的禁果

端　午

河流在月光下向荒野逃奔

亡者之灵在河面聚拢嘴唇

他们等待着，垂钓者将他们的冷钓走

五月的中国，一滴雨追赶另一滴雨

一个夜将另一个夜逼下悬崖

总有人在梦中失声尖叫

声音向下，像野草的根须

扎痛坟墓中那些苏醒者

他们说，他们的骨头锋利如剃刀

割断命运的河流，千年不锈

他们说，他们活在自己的命里

头颅发芽，周身开满花朵

即使死了，躯壳也要永远澎湃着

匍匐前行的灵魂

春　风

记忆的阴冷

被一夜春风吹散

晓雾编织着朦胧的雨弦

拔节的声音噼啪作响

阐述深刻的温暖

流水潺潺

桃花瓣瓣

互映着最亲密的爱恋

蹁跹的灵魂光艳交舞

修复着大地的灵感

无须多言

便有一种力量

往返于天地之间

不仅躁动出暖意

而且涌动出无数种浪漫

夏　雨

说来就来
说去就去
轻浮的宣泄
搅乱了宁静的心绪

无论怎样的初衷
浅薄与轻狂
会把美好的灵魂剥蚀
虚伪的情意总是多余

雨声渐失
呼唤迭起
有好多念头掠过心底
一边默默地产生
一边悄悄地死去

日月行吟

秋　韵

如期而至
携着浓浓的色彩
尽情地泼洒着

色彩渲染的季节
太阳赤裸裸
洗涤出不浸润的金色

清澈的天空没有一丝浮云
南归的雁阵一路欢歌
在追逐夏日的裙带

聆听悠扬的鸽哨
枝头的苹果醉得低下了头
我那失落的小诗
正挂在沉甸甸的枝头

冬 雪

天使熟睡的季节

理想纷纷扬扬

拖着我的心匆匆下坠

落空的影子隐藏了生命的色泽

无论是忧伤还是喜悦

你为隆冬而生

只有脱胎换骨

才能获得心灵的温暖与纯洁

此时此刻

无意的伤害不受谴责

在与上升的思想相遇后

它会变得默无声息

桃花落

她飘着的声音

犹如蝴蝶飘飞般静谧

她斑斓的色彩，是春天喊出来的

沿石壁攀缘

她陡峭的心在我看来柔软而隐秘

她只管飘

飘出时间最美的疤痕

时间如镜子，还照出她易逝的容颜

有一天，失眠的女孩

被这座城市彻底击碎了美梦

电脑上每一个指令

都暗示着她的凋零

黑暗升起，大块阴影覆盖而来

爱情也无法将她挽留

此刻，夜已深了

掘土机还在时间深处挖掘惊梦

而隆重的葬礼之后

在高楼和废墟之间

会飞着铁屑，空旷和泪水

雨和伞

不知道是何人
发明了伞
也不知道为什么
雨会落入人间
但可以肯定
伞的最初出现
是为了遮风挡雨

那一天
雨和伞碰面
撞击出美妙的旋律
吐露出一个古韵今风的烟雨江南
与行走的人儿纠缠
收放出段段浪漫故事
撑起串串尘世情缘

伞因雨而生
人因雨而媚
雨且留住
伞且流传

一把伞

撑起一片天
一段路
伸向远方
风里雨里
总是阳光灿烂

雨和伞碰面
撞击出一个古韵今风的
烟雨江南

假　如

假如过去无解
回眸便是一个迷离
我一定剪辑一番
删节的是失意
赢取的是欣喜

假如你是禾苗
生长于某片不起眼的土地
我便是辛勤的农夫之手
锄去的是杂草
留下的是希冀

假如我们终于上路
握紧的是你真实的手臂
我将把未来种植成花海
五彩缤纷的是我
姹紫嫣红的是你

115

如　果

如果生命是流溪
步履便是涌动的浪花
在某座幽僻的桥下
刻一个隐秘的符号
知道这是你必经的路途
读它时，尽可漫不经心

蒹葭葳蕤，是你茂盛的年龄
莺飞草长的梦串成嫩绿的柳眉
袅袅入水，是一种不加修饰的波源
荡开动漫，都是圆圆的心事

如果终日无风
简约的短发
飘不成雨季的潇洒
微澜不起心潮
载不动灵魂的孤寂
只需抬头
远天的霞光
便告诉你
头顶上有一片天空属于自己

或者

独步喧嚣的市井

漫游繁华的街衢

在人声鼎沸的世界里依然寂寞

纵亲朋如织，好友云集

每每静处，照旧难免孤独

只有当思维触及层层包裹的心事

才觉得别样温馨

捧着纺织的童话自我欣赏

是一种心灵的恬然

是一种灵魂的静谧

季节无言

以固定的模式上映枯荣兴衰

命运不语

用各异的方法造就悲欢哀乐

如果生命是一张短短的纸笺

那么，写一篇诗意盎然的文章吧

把你我当成飞扬的标点

如果你是行云

如果你是行云
我愿是一方澄碧的蓝天
以身躯作你生命的背景
给你一片自由生存的田园
纵使浓云翻卷是你的暴戾
纵使阴晴无常你时悲时喜
我将一如既往站在你的身旁
与你一同度过每一个日升日潜

如果你是行云
我一定是这块深邃的蓝天
悲伤时你尽可浓雨如注
欢乐时你只管舞姿蹁跹
你离去时
我把孤单写成蔚蓝的思念
你回来了
欢欣会挂满我憔悴的容颜

既然注定你是行云
既然注定我是蓝天
我将永远站在这里
注视你远行
盼望着你回还

薛涛： 一轮皎洁的明月

一生，你要招惹多少江河，楼宇

多少骚客，权贵，华章

为你高山仰止，衣带渐宽

丝弦弄音，霓裳轻舞

你素手为浆，笺时为舟，煮字为酒

徜徉于诗歌和风尘的浩瀚烟波

你是一轮皎洁四季的明月啊

即使穿行于羽扇纶巾之间

也高贵如华美锦缎上

韵味悠长的感叹

你随手从诗里斟杯烈酒

便能唱尽万古的婵娟

高居望江楼，枕着一窗明月

怀念你最初的含苞欲放

我们必须满怀虔诚，踮起脚尖

必须重新回到唐朝

回到一位女子温暖的内心

从此，一个夜晚开始变得沉静

一个男人开始变得红润干净

谁不愿意在你的照耀里

做自顾不暇的月痴？

从古守到今，从青丝守到白发

今夜，心事在声色中坐上花轿

我是否该起身

去续上那首未完成的诗？

明天的心语可以写在今天

离开的人早已提前回来

月儿送给我们的

月儿再也不会把她取走

徜徉在避不开的月光中

我们叩首于一本厚厚的诗卷

一部千古风流的情史

雕刻一枚凄美的印章

中国一位诗痴女子，一种旷世伟岸的表达

窗外飘着雪

雪说来就来了
脚步匆匆
不经意间
落满枝头
大地一片银色

我记得窗户已经关了
可它还是随寒气一起
潜入夜的深层
时光拐了一个弯
梦的意境
有了另一番韵味

西北落雪
西南落雪
我许下的心愿依然灼热
在同样广袤的夜空
它带着远方的问候
沿着约定的轨迹
从容地落下
一切开始平静
连同急促的呼吸

还有呵

许多赶路的人们

放轻脚步

让这些平静一如既往地延续

就这样

一场突如其来的大雪

在夜幕降临时

悄然落入我的睡梦

世界留下一片纯洁

思想的碎片

落雪的冬夜难以入眠
我信手拿起一本书
想用读书来打发这闲置的时光
在阅读中整理思想的碎片

读懂一本书
比读懂大地和星空容易
但要读懂人生
还真是不简单

在书中遨游
或遐想
或检点
关于生命的痕迹
才发现卑微的思想也有夺目的光焰
让我挤出足够的时间
读懂清风明月
读懂河流山川
读懂芸芸众生的喜怒悲欢

就这样
我要学会

在思想的世界中

如何经营自己的每一个黑夜

每一个白天

想念是一种幸福

不怕孤独
不怕寂寞
想念本身就是
一种幸福

想念的时候
就被回忆的雨水淋得湿湿的
就被猜测的浓雾迷得晕晕的
就被有趣的事
逗得独自笑出声来

幸亏是人有记忆
幸亏是不管相隔有多远
想念都能够着
幸亏是在寂寞的宇宙里
有想念的星辰闪耀

虽然想念带着苦涩
这苦涩却让人
有了幸福的收获

雨

总有一些东西在潮湿着
需要不需要都这样
声音敲打着绿叶
敲打成一种喧哗

与其说它们在落下
倒不如说它们在挥洒
而我播在心里的那粒种子
不知能生出什么繁茂芳华

它们落下
被叶子拒绝
却让根和泥土吸纳
一只雨中飞翔的鸟
何时才见云霞

绿　道

一条蜿蜒进田野花间的路
把喧嚣都市远远抛弃
长满青色藤蔓的林荫道
让疲惫的心灵重新荡起微微的风
嗅着原野清新的露
听秋虫在草间弹唱

只一瞥就已恋上纯洁挚爱的土地
泥土的芬芳犹在肺腑
绿色的树影在静默中摇曳
田野上落叶原始的梦想
头一次此生最完美的谢幕

日月行吟

日月行吟

感悟人生

过　年

一锅亲情
沸腾了一种心愿
四面八方
奔个团圆

一杯美酒
把祝福贮满
图的就是岁岁平安

一场春晚
绽开张张笑靥
银屏飞歌
春满人间

一声钟响
送来吉祥万千
烟花爆竹
绚丽一个新的春天

爆　竹

这些殉难的爆竹
在除夕之夜
前赴后继
把春天的节日
喧腾得惊天动地

当响声逐渐远去
谁还想到那燃烧的花瓣
在点燃的瞬间
流出的金黄色泪滴

那个叫年的黑夜无边之际
在你自杀性的炸响中
逃匿得无影无踪

你为隆冬而生
又为节日而降
在这寒冷的季节
你是唯一的衣裳
节日的喜庆扑面而来
那些骑着自由梦想的雪花
纷纷扬扬覆盖着你
你的手上没有坠落一束星光

无 题

那一天
闭目在香雾的经殿
不为祈祷
只为你能一生平安

那一晚
匍匐在普陀的海边
不为膜拜
只为慈航的涛声替你催眠

那一年
打坐在雪域的山巅
不为涅槃
只为冬日的阳光送来温暖

可敬的老人

曾似九畹翘楚

今为高寿智者

韶华已逝

童趣犹烈

有儿孙弄饴绕膝

您把人间幸福囊括

岁月无痕

云裳依旧

问君何事该关切

抛鸾镜

弃蛾眉

只有香名去不得

白发丛生

梵歌一阕

禅心纵横南北

清明时节

今天，活在世上的人
都会想念他逝去的亲人
人间烟火永远迟滞不了时间的脚步
趁暮色还未降临
一沓沓黄纸，一件件寒衣
送到了墓地，亭前，路边……

今夜的食物是素菜、馒头、稀饭
父亲的英容笑貌已经消失了八年
母亲也在半年前撒手人寰
交出了爱，灵魂更重
岁月把简约的悼词，写在天边低沉的云上
雨打坟头，不知不觉中
他们变成了纸钱，瑙衣，和年年的花香……

思念，被时光的筛子一遍遍抖落
拿去为母亲浆洗，烧饭
拿去替父亲温酒，研墨
在这个深夜的灯光下
我一次次重返记忆中的童年和温暖的慈祥
一次次把自己放置在一种叫诗歌的现场
任凭那悲恸的水恣意流淌……

供奉我的情怀（组诗）

我热爱……

月亮看着我，在一棵槐树上
它越来越弯的模样令我隐隐担忧

有两只夜鸟，向月亮飞去
这是否就是一种爱

在我毫无防备的情形下发生
像昙花，在屋子里静放

我承认我一直钟情于
月亮、飞鸟、昙花

现在，我的幸福在于
同一个夜晚，我们又遇到了一起

我敬畏……

我敬畏春天生长的万物
刷刷绿起来的桑叶，水洼里的蝌蚪

山间蹿出的竹笋，毛茸茸的鸡雏
破壳鸣叫的黄鹂……

我敬畏星空
那是尘埃所不能掩埋的
斑斓的光弧，银亮的瑶台
飞溅的星火扑闪扑闪
它的高远是那样触手可及

你是我敬畏的全部，你继续了
多年的春天的雨水，你细长的指甲
密布星空的斑纹，明年阳春三月
用百里长溪的油菜花供奉你

我深入……

风带来时间的尘埃
我深入寥廓的旷野
分享寒潮、风雷、霹雳过后的
雾霭、流岚、虹霓

一群大雁飞过头顶
那至高天山的呼唤
将我的目光久久抚摸
仿佛永远和他们分离
却又终身相依

向日葵以整个秋天的力量
也无法抬起沉思的头颅
我与岁月，在拂面而来的风中
擦肩而过，失去了青春的记忆

一切都不再风起云涌
一切都在凝固，沉淀
落叶如歌
一曲一曲将我覆盖
秋雨如泣
夕阳不再奔跑

所剩的光阴越来越少
我要抓住，用我的情感、身体
乃至生命给予旷野肥沃、战栗
和水鸟低低的敬意

我老了……

我漫步在喧闹的广场
我闲坐在恬静的锦江岸边
我总是沉溺于幻想

我已渐渐变老
无论生活得多么富有

无论曾经多么荣耀
我们都会佝偻着身体，走向衰老

看见可爱的侄孙
我禁不住喃喃自语
就像老屋旁的那棵孤零零的香樟树
它默默地送走了多少代先人

命运会为我们带来什么
荣辱、得失，还是祸福
或者沉寂于老家的村前
或者葬身于山冈

一本书、一杯茶、一首诗
在我幻想的地方
在我倾情专注的地方
把我一生的情怀作为崇高的礼物
——奉上

也 许

也许风吹过山冈
夜色悄然
没有一丝声响

也许心怦然跳动
面容寂然
一身波澜

也许光阴穿过
转身之时
一半是呆板
一半是鲜活

也许爱情不易
有多少憔悴
就有多少美丽

也许一句话
或一个表情
一个眼神
就葬送一个人的命运

也许

真

够过一生

走向祭坛

六十岁是人生的分界线

犹如生灵消遁的冬天

失去了春天的渲染

夏日的璀璨

记忆的犁耙耕耘着悠远的心

真想沿着秋雨尾随的足音织成锦绣

让我的世界再一次绚烂

临近黄昏

五彩的意象直透心扉

那些被我背诵稔熟的霞光

以缭绕的姿势漫卷了心灵的庭院

真想把小鸟轻轻的吟唱

揉进食品

为自己置备一份可口的早餐

只要展开心情

便可发现

人生并不完美

完美就是缺憾

完美的一半是缺憾

缺憾的一半是超然

因为
人生没有憩息的驿站
生命永远面临新的起点
朝拜的香火
把命运的谶语条条破译
我虔诚的身影
正一步步走向神圣的祭坛

妻

你是我的水
波光上漂着两只小鹅
从微黄开始，羽毛在汗水里丰满
白如天光，秋菊
白，从你纯蓝里流出

你是我的火
枕上的云越堆越厚
最终飘起雨点偶有春风
晴空万里
一枝藤在梦思上缠绕
翻滚能燃烧一个冬天

你是我的盐
把俭一颗一颗放进聚宝盆
闪闪发光
用勤浇灌一棵幸福之树
硕果累累
希望在一粒星光上升起
照耀我远行

你是我的茶
过滤人间纷扰
洗涤世事喧嚣
夜后邀陪明月
晨前命对朝霞
一壶清气沁了心脾
醒了人生，伴我走过秋冬春夏

日月行吟

145

爱已慢慢老去

今晚
我写下最动情的诗句
想到爱已慢慢老去
勾起往事的美好回忆

那个
深秋的夜晚
天空刚刚飞过一阵细雨
是谁在西南的星星中间
用烟雾的字母写下了你的名字
燃烧的叶子倾听喃喃的心语
我成了栖在你生命中的一只鸽子

你并不秀气飘逸
却有撼人心魄的美丽
你是军中的百灵
你有铁血男儿的英姿
你辗转于病房与手术台之间
你是救死扶伤的白衣天使

你有回春之术
使一个个患病的官兵痊愈

你有殷殷痴情
想到的总是病人、家人和他人
唯独很少想到自己
你有一颗聪慧的心
使我不再彷徨迷离
看清了爱恨、悲伤、生死
活出了自己想要的日子

三十三年
没有色彩斑斓的传奇
却有相濡以沫的默契
那些历久弥坚的岁月
渐渐地在我心底凝聚
我策马巡视人间
悟出爱的旨意
如果再有来生
下辈子我依然爱你

月色竹影

久违的老家

辗转难眠

半夜时分

见窗纱上

一枝竹影姗姗

故乡的月

依然妩媚婉转

赠还我儿时的画卷

记忆

蘸着月色写成

并不曾消散

如轻烟一篆

月色写成的竹影

怎么可能被时间冲淡

悟道佛门

报钟和云板敲过三阵

礼佛的颂赞如晨雾起自山岭

维那的大磬穿越无边的静谧

《大悲咒》神秘的韵语

笼罩在禅堂圣殿

万年寺的僧人们

在默默的跪拜中祈祷

凡俗的形骸脱落在缥缈的梦境

梵唱声声

呗赞顶礼

观心见性

如醍醐灌顶

想把前世的孽缘洗尽

是谁参悟了佛祖的谕示

我却不能解出其中的奥义

圣乐余音未尽

引磬和木鱼又把《心经》引领

沉香幽幽

氤氲成纹

心持净戒

收摄一个自由的魂灵

我试图从佛法中

找到导化人心的通天神树

或者佛陀曾经见证过的

最初的约定

可我贫瘠的心智

无法安置那些摄人心魂的文字精灵

也无法叩开神明的禅门

我知道

生命的荣耀

必须自己去寻觅

陪伴我的只有那些

久远的谶语和山间

蒙蒙的月影

爱上寂寞

如果冲动是寂寞的理由
我情愿爱上寂寞
让人独处房中
让思绪作短暂停留

如果激情是寂寞的借口
我甘愿恋上寂寞
让自己蜗居一隅
让狂躁做理性的俘虏

如果理性是寂寞的前奏
我试图喜欢寂寞
让此生聊做囚徒
让情感被世俗枷锁

如果寂寞可以书写
我会饱蘸浓墨
如果寂寞可以复制
我会克隆欢乐
如果寂寞可以攻破
我将舍弃自我
不管那么多
任寂寞一再沉默

151

品　茶

香叶　嫩芽

慕诗客　爱僧家

一脉烟雨　一笼云霞

淡淡如君子之交

一点灵犀　一丝牵挂

人生如茶　品为高

品悠悠岁月　古老文化

品难得的清醒与透彻

品个中的微妙与复杂

当世风日下　渐趋炫耀

人情纷扰　世事喧嚣

茶让你的哲思在绿意中泛开

判断世事与人心的估价

浓情对咖啡　清心品淡茶

一生为墨客　几世得风雅

别把茶香看得太淡太淡

盛宴才往往是真实的虚假

人生如雪

昨夜的一场雪

来得非常突然

丝毫没有给春天一点面子

生活的意外也常常猝不及防

有时觉得人生如雪脆弱

稍有碰撞就会粉碎

不管它曾经如何精彩

如何美丽

遇到一点污垢

便不再美丽

再也无法清洁

其实春雪的生命是无牵挂的

她来到这个世界

并不打算长期占有什么

她只是路过

只是为了与人们约会

尽管美丽稍纵即逝

她都爱意如初直到死去的一刻

有雪的春天非常难得

它会变得风情万种

格外亲切

时　光

就这样老去

不知有何价值

仍想唤醒内心的雄狮

没有温度的高楼躯体

不及一只飞动的麻雀

依靠一根虚幻的拐杖

我找回自己

走过的路

尘土弥漫

干枯的双手

纹路清晰

牙齿想提前告别

舌头以柔克刚

我的身体如干瘪的河床

任凭时光冲洗

归 去

此刻守在红尘中的你
在这个夜里
心里是否像星月一样
聚在一起
却又彼此分离
孤独有时就在遥远的天际闪烁
你今世的因果和前世的秘密
那些收获的快乐
那些碰到的幸福
那些遭遇的爱情

我们的一生在偶然中获取
却又迟早经历必然的归去
那些放不下的烦忧
那些自欺欺人的功名
那些以为会陪你全程的朋友
归去
就是尘归尘，土归土
一切总归了无痕迹
就像一次索然无味的
归去来兮

155

那棵香樟树

还在儿时
它蹿出屋檐的墙角
再次重逢，成了参天大树

母亲念佛
要把它捐给药王庙
由于太大，才幸免为梁柱

香樟树，早已熟知的名字
樟脑丸，白色的药片
可杀虫，藏身衣橱

如今
它还是那么慈祥地站在那里
像久历风霜的父亲
成了我思乡的亲情树

心　事

岁月悠远
积淀成心情
于飘摇的桂树枝上
长出一个饱满的心愿
给不圆的世界
一个圆圆的向往

日子虽然迈进了一个伤感的季节
绿叶眷眷地挥手而去
天空却变得晴明澄碧
如你纯洁甜美的心事
舒展铺于我的心城之上

在圆圆的日子里膜拜故土
淡淡的乡愁荡成漂浮的夜雾
你在夜雾里抿嘴而笑
月亮这里是你甜甜的酒窝
圆润的故事在你的酒窝里开幕了
浓郁的相思是深沉的情节

托起季节的馈赠
就是托起一个美丽的祝福

我们一起读它吧

在各自的窗前

读得满心香甜

读得意味悠远

不说孤独

如同无视磨难

思念是一个长长的跷板

月亮是一个可靠的支点

我在这头

你在那端

升潜沉浮中灵魂息息相关

圆圆的月亮

运行在不圆的夜晚

不圆的夜晚里

充溢着圆圆的思念

故　事

当风掠过耳际

油菜花灿烂地

向后退去

翩跹的灵魂

舞去春天的醉意

家是归人的目的地

可这条路啊

能不能短些再短些

短得能够

让我把心事一点一点剥离

再一点一点丢弃

当乌云遮蔽天空

泥泞遍地

风雨飘摇中

谁会给那颗心

披一件外衣

一江春水

能洗去泪滴

却洗不掉迷离

唯有那缥缈的琴声

在诉说着

一个久远而古老的故事

你和我

都在故事里

那幸福的滋味

开始在梦里渗入骨髓

我想永远年轻

我想永远年轻
品读深邃宁静的黄昏
更回味绚丽缤纷的黎明

我想永远年轻
不愿在等待、深沉、淡定的赞誉中
成为一口深不可测的
枯井

我想永远年轻
一生都骑着
诗的白鬃马
飞奔……

我想永远年轻
就要颠覆过去的生活
背叛自己的记忆，时间，白发
乃至镌满人生辙印的皱纹

唯独不能背叛的是
忠贞不渝的爱人
她是我抬眼仰望晴空时
一朵悄然滑入瞳孔的云

离得越远
心越近

走向远方

回到久别重逢的故乡
常常被亲切的笑容击中
岁月静止成一方深情的年轮
泛泛堆砌美丽的春光

逼人的野花差点让人窒息
炊烟被晨风一炷炷惊醒
鸟啭莺啼绕于耳旁
澎湃出无穷的热望
戴着月亮的草帽耕耘朝露
握着萤火的镰刀收割星光
播撒希望的雨声播种芬芳
飘逸的长发把日子培植得含苞待发

蘸着茂盛的情感
以生命的颜色植根于我的诗行
用每一滴血液的流淌
濯洗你偶尔滋生的忧伤

拥着你音符飞扬的名字
宛若拥着溢满爱情的心灵
我默契从容的步履
正走向一个地老天荒的远方

梦

过去是一场梦
未来也是一场梦

过去的梦
如喷薄的朝阳
万丈光芒
激励着人打点戎装

未来的梦
如秋阳灿烂
影照着山的雄奇
天的高远

追思（三首）

父 亲

幼时学徒，长大当差；苦作会计，乐为农耕；捐力社会，竭力尽心。

与母风雨同舟。扶儿女，奉祖母，言谆谆，情殷殷，哀怨含辛。

外表羸弱，内心刚强；慧敏通达，心怀怜悯；谦然自守，不求显扬。

与人相安无争。善若水性淡然；去富贵，留清廉。慈父风范，长思永念。

母 亲

慈母泽珍，秉性不阿，贤良坚贞。持家农耕，含辛茹苦，鞠劳一生。

伺祖母，款款虔诚；对夫君，切切深情；育儿女，谆谆懿行；待邻里，拳拳施恩。

晚年皈依佛门，悠然达成慧根。平生凡度有颜开，风雨逼人动地音。

佛不住世，人不留声；撒手人寰，泪飞仙境。母亲情怀，天地共存。

165

岳 父

出身兴城寒门，少年不幸，痛失双亲。百家饭，人间情，慰藉童心，儿时陶冶大义，知感恩。

硝烟烈，肺腑鸣，抗美援朝，十六从军，扛枪过江，用热血浇灌壮美人生。

征尘未去，响应号召，援疆扎根。跑运输，当调度，天山南北任驰骋！二十二岁，八级工资，引来无数钦佩的眼神。

十年"浩劫"，直视内心，巍峨亮节，叩问灵魂。不忍俯瞰人间的丑恶，卓然挺立，铁骨铮铮，用厄运留给畸形的世态一颗赤子之心。

锐气行于事，义气施于人。一生豪气，嗜酒如命。瑶池仙驾众人祭，山水含悲声悼吟；仪范高崇缩心旌，长留清馥日月明。

日月行吟

附：散文诗

生命的境界（短章）

人比黄花瘦

1

人说，有钱难买老来瘦。这话真灵。

看到镜里的影，我先是一惊，继而一痛。自嘲：入道了。

我是瘦了，但并未入道。人世斑斓，俗心没了。

在所有的追寻中，我并不曾失去什么，只是没有追寻到的，便默默地成为失落。失落是瘦的。瘦，如渐渐燃矮的烛，也有泪。

瘦并不奇怪，要真心读懂它的内涵，并不简单。

我并不想讨论是瘦好，还是胖妙。我只想协调我的身心，让瘦坦然，让瘦康健，让瘦保持它的风骨、气度和不凡。

于人，我把瘦释成沧桑。瘦，便是一种经验的存在。

于己，我把瘦理解为消费。瘦，便是一种积极的生活。

2

瘦，是胖的发语，胖是瘦的对仗。

在胖与瘦的起伏跌宕腾挪中，自然有许多的悬念。手法也好，修辞也罢，瘦往往是返璞归真的精品。

黄花之瘦，瘦得情真意切。

古道西风好马之瘦，瘦成了千古绝唱。

当我瘦成自己的格调之后，摊开自己的所有的文章，我意外地发现：那些文字里确有一个平朴而壮实的灵魂。

掬起炎凉世态、冷暖人情，细品沉入手心的那孤独的影，我又感觉：所有的灵魂都瘦得那样精致，那样精神。

瘦，不是生命单调的空缺，而是命运常常路过的客栈。

3

天，苍茫，不同人语。地，幽静，蕴尽灵性。

当我被造物安置于天地之间后，就开始了永无休止的选择。并且，有意无意地选择了瘦的方式。

瘦，是浓缩的人生。它是生存的智慧，是凡俗之中不停地奋争后的超然与洒脱。

瘦，也是旷达的形象。它是生活的厚度，是节奏之中的忍让，忧思，谅解与担当。人活一世，要活得潇洒，活得精彩，活得有分量，就要付出代价和艰辛。瘦，就是它的代名词。

岁月静好，人生短暂。如命中定会置于瓷盘上那枚桃子，正一点点瘦去，涅槃。我们的影和梦都在涅槃中羽化，再生……

睹物断想

　　一片洁白的雪悄悄遁入草丛，来自天堂的光辉顿然失色。它不是事物的本来面目，已然成为雪的反面。雪的反面令人失望，给人寒冷和黑暗。

　　一棵小草刺穿土地，一瞬间的过程，就点燃了我心中燃烧的欲望。禁不住风的扇动，火越烧越旺。而后熊熊，而后燎原。

　　一片羽毛，被你掌握，就能体味温柔的爱。只要能承受羽毛的轻，就能承受生活与爱情的重。

　　一只鹰，掠过澄碧的天空。落日余晖里，我看到它透明的心思，感到它诚挚的召唤。明天我就去远行，天亮就出发。

　　一缕炊烟从遥远的村庄冉冉升起。它是升腾的翘望，它是放大的思念，它是拉长的呼唤，它是我梦中熟悉的亲人。跟着它，回家！

日月行吟

春染锦江

　　一场细细的雨，打湿了两岸的青草，打湿了春柳柔柔的发丝，打湿了我萌动的心律，开放出大片大片的桃花，发出幽幽的馨香。

　　阳光洒在一对对情侣的肩上，洒在清澈的河面上，洒在梦一样的三圣花乡……

　　粼粼清波，幽幽长长，羞涩了诗歌的语言，羞涩了月光的皎洁，羞涩了寒雁的翅膀。

　　有多少朵浪花，就有多少种幻想……

　　漫步在江岸的春色里，我用翅膀尽情地呼吸清新的空气和泱泱水声，身上就像长出一片片银光闪闪的羽毛，越过一幢幢老去的高楼。展开生命，崇高飞翔。

老　井

母亲的瞳眸犹如幽深的老井，一直未合⋯⋯

故乡的老井，睁着眼睛，历经沧桑，从未干涸。

母亲微躬着背，挑着水，挑起袅袅炊烟的日出日落⋯⋯

母亲挑水的姿势，是我低头忧思的样子，故乡的明月，在桶里，忽圆忽缺⋯⋯

老井的水，深入万物，滋润了村姑的鲜亮，汲水的谣曲和一方风俗。夏夜，缠绵在井畔的蛙鸣，就像一首唐诗，送走黑暗，擦亮曙色⋯⋯

哦，井水殷殷，眷念深深。只一捧捂进心口，血脉里就会时时听到回音⋯⋯

故乡的老井，生命的井。你，不仅清凉晶莹；而且，你，能葱翠干渴的灵魂！

银　杏

千年修炼的命，一时成金。

银杏，站在秋天的风口，陷入回忆与沉思——

一片一片的羽衣，从春天到夏天，渐次丰满和肥硕。
一张一张的蝶翼，从夏天到秋天，逐渐单薄和零落。

风自远方来。

风的心中装满爱情，装着他的银杏。在风的眼里：左
边怒放的菊花，右边飘香的桂花，都不及银杏温柔而敦厚；
唯有澄明的天空，飞翔的云朵，鹛鸟的歌声，可与银杏
媲美。

风潇洒地一转身，就把他的所爱，揽入怀中。他拾取、
托举、叠加，把银杏的内蕴越抬越高，把秋天的思想越推
越深，直抵阳光深处。

一被点拨，银杏恍然大悟：酝酿一世情，只为交给风。

一路秋风，遍地黄金！

山水之恋（短章）

丽水金沙——石鼓

金沙江从青藏高原一路奔涌南下，在丽江遇到了老君山的阻挡，潇洒地在石鼓来了一个华丽转身，掉头北上又东去，留下了"长江第一湾"的天下奇观。

出丽江向西，山间曲折蜿蜒，千回百转，山重水复后，石鼓在不经意间扑入眼帘。

美丽让人怦然心动：绵延起伏的青山，将悠悠南下的碧水柔柔地揽入怀中；岸边柳树，在碧水中留下婀娜的情影；油菜花笑逐颜开，密密织成一条天边无际的黄地毯，花香扑面，顿时充盈心间………

石鼓，三面环山，正对长江第一湾，处在湾的顶端。曾是茶马古道的要津和南下大理、北进西藏的水路交汇点，"元跨革囊"，红军渡江北上的千古传奇，让世界震撼，引来仰慕和观瞻。

走在古韵悠悠的古街，满眼都是古宅大院，好奇地探头朝里张望，有老人在开满桃花的树下闭目养神，这样俏丽的桃花，家家都有；还有老母鸡带着一群小鸡在院里溜达……

石鼓，一派宁静安详的小镇风情，宛若上天描绘的画卷。

175

民歌小镇——密址

密址，被国际乐坛誉为"东方小夜曲"，《小河淌水》的发源地。

怀着深深的仰慕和无限遐想，我走进了滇西高原的民歌小镇——密址。

亚溪河旁的桂花箐，《小河淌水》的源头。珍珠泉汩汩涌动出的一串串水泡，在阳光的照耀下，闪烁着摇曳不定的光彩。犹如一串串晶莹的珍珠，生出一圈圈彩虹，令人目眩神迷……

源，真美。

万物迎风而醉！

站在高高的坝上放眼远望，一片片待收的稻田金浪翻滚，对面繁茂着漫山遍野的桂花树，清风掠过，送来阵阵沁人心脾的幽香……

不知不觉，夜幕四合，周遭一片寂静，恍入梦中。我蹑手蹑脚，去亲吻《小河淌水》源头的土地，感受"月亮出来照半坡"的奇妙意境。

夜雾迈着姗姗的舞步，混合着淡淡的青草和浓浓的桂花香扑鼻而来，银白色的月光洒满全身，如梦似幻的我，望着蒙蒙远山，《小河淌水》的优美旋律旋入心头。思绪随着歌声，飞向夜的深处……

平乐春色

平乐，一个被称为川西水陆商埠的千年古镇，一个恬静清凉的乐土。

白沫江

水，由远及近，漫溅而来。

漫过了天。漫过了田园。漫过了一座又一座山。

漫过了我的身子，又轻又绵的水啊，泛起了层层波澜……

史书翻动，文字蹁跹。凤求凰的才子佳人在一条时光的河上高举叛逆的灯盏。记忆的河，展翅如飞，那水面灿烂的光啊，闪亮在谁的夜晚？

那些撩人的故事，被燕子啄来，晾晒在大水之上，随一曲古琴，轻轻飘散……

石板路

清晨，你用一种纯净的光亮，袒露出千百年来的磨砺和温润。

古镇的石板路，用浅红的颜色，静静传递包容秦汉以来的神秘。

我用猎奇的目光抚摸这生命的灵石，用心灵温暖着这汲取天地灵气的坚持。

你袒露，你沉默；你低调，你高尚；你卑微，你承受。你大智若愚，总是那么忍辱负重！

啊，平乐古镇的石板路，你用自己延续不断的生命，坚毅地相互携手，接受着践踏，亲吻着阳光。

是的，正因为你把自己埋得很低，我才把你藏在心底。

石拱桥

这是一座古老的桥。

清晨的浓雾像迟来的浴衣，缠绵地给裸露的冰冷覆盖了温暖的柔情。

早春，就有早起的卖花老人，背着偌大的竹篓沿桥而过。顿时，满背的鲜花带着晶莹的露珠绽放清香，那轮剪影就在石桥的顶端，如弯月上的桂花树。

我怀着虔诚，感悟兴乐桥的风韵，更为它千百年来屹立的坚强而默然！

于是，这个平乐古镇的石拱桥，就在我眼睛里完成了它清雅而坚固的留影。

古　榕

这是一棵生动的树，蔽荫千年。树已空心，枝叶却十分茂盛。它生长在兴乐桥头，就像戴在平乐头上的皇冠。

这是一棵守望的树，因为它能看到古镇的身影，乃至每一座山峦，每一条沟壑。

这是一棵亲情树，远行的人总会在这惜别，归来的人也会在这迎接；每当盛夏酷暑，葱茏的树荫下总是聚着邻里乡亲乘凉聊天……

这是一棵爱情树，相爱的人儿在它身上挂上连心锁，发出爱的许诺：你头上有鸟，我心里有窝。

我望着那棵饱经风霜的古榕树凝思，这树的心到哪里去了呢?!

古街之夜

繁星闪烁，河灯飘曳，静谧中传来打更声，让水乡的夜色越发撩人，平乐被罩染得更加迷离。

灯光朦胧，街道两侧的古民居更加清晰地展露其镌满岁月痕迹的肌骨，呈现毫无雕饰的素朴，平静中洋溢着魅力，宛如洗尽铅华的小家碧玉。

凉风柔柔地拂着脸颊，惬意温馨。走在恬静的古街上，曲里拐弯的幽巷里透着阵阵古朴的灵气，噼里啪啦打烊的店铺里溢着豆腐乳的浓香，吱呀的木门，母亲的呼唤，儿童的追逐，铁匠铺的余火……让人一下感觉时光隧道在这里被截断，生活的节奏一下子慢了下来。

平乐夜的神韵，夜的音符在刹那间拉开帷幕，如火花般在心点燃。

稻城的颜色

红

不知道那一点红，是怎样从春天透出来的。

不知道那一点红，是怎样一夜间染红了亚丁大地的。

我想，定是充满灵气的丹巴美女的红纱巾撩开了稻城的夏天。

定是稻城的这个时节才是雪域高原最热情的季节。

热情似火，这也是美人谷女人们的颜色。

女人们的美来自丹巴巴底乡邛山村的美人谷。

稻城无所适从地表达着什么，壮美的墨尔多山也不知道。浑然不觉中，你的一片红已令牧草疯长，丰满着河谷的粮仓。

黄

金黄色的油菜花，肆意地在稻城神山巍峨的雪峰间流动，若隐若现的云雾中慢慢地凸现了你精致的小脸。

我骑着马儿，快马加鞭，去赴一个金色的盟约。无言的感动与震撼铺天盖地。这是五月稻城纯粹的色彩。

透明的云朵依偎着青黛色的神山摇曳在巧夺天工的金色织毯中。金黄的色泽，细密的花瓣，分不清是明媚的阳光，还是美人谷女人们的笑容。

小蜜蜂躺在童年的摇篮里，梦见通往家的门口的那条小路。

蓝

蓝，来自宁静中的忧郁，来自忧郁中的渺远。

呵，这山脊上的海，一面醒目的幡！一池洗心的水！

波浪舔着堤岸，花草拥着牛羊，炊烟是诗的注解，天鹅是梦的化身，而蓝，是这里最撩拨人心的底色。

蓝宝石的胸针，别在仙女山的襟前；蓝色的蝴蝶结打在仙女山的颈上；蓝色的手帕，挥动着远方的思念……

木格措大海子，蓝得脱俗，蓝得深沉，蓝得近乎忧伤的容颜上，写着一阕绝尘的词章！

白

白白的云朵，一些落在山巅，一些藏在草原；落在山巅的像面纱般轻柔，像梦一样飘走；落在草原的成为洁白的藏包，成为温暖的家，还原梦中的场景……

炊烟很轻，袅袅升起，被潮湿的空气稀释；奶水很白，可以照出姑娘俏丽的脸庞。一两声牧犬的吠叫，晃动了盛奶的木桶，揉皱了月亮的影子和星星的碎语……

白白的云朵，有时像哈达，用圣洁的礼仪祈祷远方的游子；有时又像温馨的召唤，让客居异乡的人，用失眠来补偿思念。

稻城神山脚下的木格措，闪烁着幽蓝的眼睛，它瞳仁里的荫翳，是不断变幻的云朵，是走走停停的藏包，是看不清的岁月，在飞逝。

日月行吟

走进西藏

1

尘世的跋涉中，始终拥着一个瑰丽的梦。

悄悄藏匿于时光的记事簿中，随季节的更迭疯长。被思念纠缠的心事牵引行走的脚步，携着一颗虔诚，带着久远的向往穿越红尘踏上寻找旖旎的路，让翻山越岭的足迹堆砌成我仰望你的高度。

挺拔峻朗的山峰，光芒四射的雪山，奶香飘溢的酥油茶，洁白的哈达，魂牵梦绕我多年！

绵延的喧嚣笼罩着一座座城市，从未有过的期待载着圣洁的情愫飞越万水千山。追寻的景象，就在眼前……

2

天空蔚蓝，白云如絮。阳光下的土地袒露粗犷的风骨，格桑花一样的姑娘，质朴的康巴汉子，如油画中走出的人物，鲜活地站在我的面前。通往寺院朝圣的路上，总有磕长头的阿妈放飞祈祷的经幡。

高原的海拔，猎猎的山风，壮美的牛羊，古老的图腾。布达拉宫挂满了神圣的箴言，历史从它的额头飘过，留下多少道辙痕？一个没有被时尚元素微醺的民族，从悠远的吐蕃国度款款走来……

松赞干布的金戈铁马，文成公主的车辇……迤逦地走来，走成昨天汉藏和亲的盛典，走成今天史书绚丽的扉页。

3

艳丽的色彩，映入视线。

一幅幅依墙而立的画卷回溯千年。释迦牟尼打坐莲花大彻大悟；松赞干布与文成公主还在温情脉脉地守望自己的国度；热烈的赛马、射箭、摔跤，还有攀行在布达拉宫山坡上数不清的石匠……

庄严的塔寺内，巨大的佛像慈祥地面对每一个仰望他的人，目光中流淌温煦的光芒。

时光流逝，岁月不老。虔诚的膜拜让游荡的心灵找到皈依。朝圣的人们从这里走回各自的行程，只有佛永远默诵普度众生的歌……

4

将原生的景象一一收藏，在时光铺就的宣纸上，画下雪域高原里每一寸感动，一幅幅丹青水墨铺陈意念的画布。

梦中的景致，多了一分屹立的沧桑。每一种色彩都芬芳一幅记忆的画面。鲜艳的是高原儿女火热的情，凝重的是岁月的蹉跎，简洁的是蓝的天与白的云。

走过的脚印丈量淳朴的悠远，将滤去世俗的一帧风景印在心里。思念又一次被距离拉得绵长。站在城市的边缘遥望。

或许，明天我将再次抵达……

西柏坡

那是一座朴素而伟大的村庄！是晋察冀翘起的大拇指，太行山握紧的铁拳头，共和国发育成熟的心脏……

那是一群特殊材料铸就的人！延河水滋润了肌肤，泰山石垒砌了骨骼，鲜血与炮火历练了灵魂，虽筚路蓝缕，却足音铿锵，神采飞扬……

低矮窄小的民房内，马灯，桌椅，简易的木床，或者一张行军地图和几支红蓝铅笔，还有几双穿透黑暗墙壁的犀利目光。

这边的木凳迎接过"和谈代表"，那里的鹅卵石上坐过分到土地的翻身农民。即便是奇寒砭骨的隆冬，他们的心里都溢满了春光……

大战前夕，空气几近凝滞，这里是运筹帷幄，决胜千里的战场。

从延安到西柏坡，从西柏坡到北京城，这是一条动脉血管，生命渠道。西柏坡调动中枢神经，用如椽大笔书写神话，创造辉煌！

随后而来的一批批追随者，为他们用脚步叩响滹沱河畔这座小山村时，无非是想为早已稔熟的历史找一些丰富谈资的考证，无非是想再一次聆听伟人那段"进京赶考"的箴言。

言辞的力量，时至今日，那话语仍振聋发聩，心旌神荡……

187

沉　醉

你总是沉醉着，这是你的所有，也是你的仅有。为了不感到恐怖的时间折断你的脊背，使你匍匐于大地。你要不停地沉醉。

沉醉什么？酒、诗，还是美德？随便你。只要沉醉！

如果有时，在雪山脚下，在江边的绿草上，或在孤独的房间里，你再次醒来，醉意减弱或消失，问风，问鸟，问波涛，问星辰，每一件能飞、能唱、能说的东西……现在是何时。它们总会告诉你：到了沉醉的时刻！

为了不做时间殡葬的奴隶，沉醉吧。继续沉醉于酒，诗，还是美德，随你！

踏水而歌

谁也说不清，海里究竟有什么。

千古不变的大海呵，总是这样潮起潮落，重复又重复。大海不老的微妙也在于此。不停地运动，不停地静化，所以海水总是湛蓝的。

如果，爱尚未燃起我们内心的火焰，尚不能让我们勇敢地奔向大海，且让沙滩留这一刻的犹疑和彷徨，把海当作一个美丽的传说。

黄昏时刻，踏水而歌。风雨会慢慢涤荡生命中的青涩，不管它曾经多么迷人，或多么的天真纯洁。

其实，每一个人心中都有一片宽阔的海洋。当我们勇敢地进入，则意味着将迎接更大的巨浪和风暴，也将享受最瑰丽、最辉煌的日出月落……

日月行吟

红树林

　　红树林，像旗帜一样飘扬，胜似春花秋叶，在大海边缘，红一片不老激情。

　　潮起潮落，任凭变幻。顽强的生命，组成沿海第一道防风体系。红树林的美缘于隐忍，咸涩的海滩让许多生命却步，唯有你选择与海共舞。

　　海风抚过，红波涌动，像交响乐的高低音；你的怀抱，是鸥鹭们快乐的天堂。它们嬉戏、舞蹈，摆出一个个经典的造型。白鹭飞翔的美丽，像一句句抒情诗，无论什么造型，都是那样百读不厌。

　　有一种感动风知道，有一种美丽水收藏。透过迷蒙雪雾，你燃一树火红，点亮红色的生命之光，红的依然是一树激情，一树生命的血气。

雨及冰雪

雨

滴滴期盼，丝丝温情。

干裂了一冬的泥土吸吮着，默默地吸吮着。

我听见土地湿润的笑声了。

干裂得快要萎缩凋枯的一切生命之精灵，都能得到润泽的哺育，浇灌吗？

让诗句获得饱满的水分，获得蜜一样的奶汁……

软绵绵的细雨里，只能繁衍软绵绵的无病呻吟，还是回到暴风雪的严峻中去吧，去寻找诗的钢筋铁骨。

冰

柔情万种的水，一夜之间坚硬了；虽然透明，但发着寒光。

是一滴露珠也好，是一泓积水也好，都凝固了原本可以眨动的灵气，都凝固了原本可以荡漾的表情。

寒冷营造了一种环境，锻炼得水波也学会了坚强。

偶尔照射在冰面的阳光，不再平素，而是弥足珍贵。

冰呀，消融将与温暖同在。

雪

是驮在哪一片云上而来的？是随着哪一阵风而来的？

向着广袤的田野洒去。有的落在枯枝间，有的贴在草丛中，有的积在屋脊上，有的沾在电线上……

在川西坝子，雪下的时节是与谚语连在一起的，是与喜和忧愁连在一起的。雪与白面与大米与棉花与奶汁与……同色呀！

那么雪，是一种预兆和昭示，是一种精灵的信使。

用手掌承接几瓣雪，用手温融化几朵雪，便是诗的传递和情的交融。

雪的手指不停挥舞，世界脱胎换骨。人心也会纯洁如初。

曲水流觞
——古今豪情一壶酒

1

翻开中国文学史，蓦然发现那些流芳百世的文人墨客大都与酒有着不解之缘。

中国的酒总蕴藏着一股浓浓的文化气息。听过这样一种说法：对于造酒而言，实在是一件不但用五谷之粒，青山之泉，还须用生命之元气，文化之心魄的事。

诗酒自古不分家。诗以酒名，酒因诗贵。酒给了文人们快乐和灵感；而文人们赋予酒以生命和情思。酒早已随他们体内升腾的血液，融化成历史长河中瑰丽的诗篇。

2

饮酒的行家，要数魏晋时期的竹林七贤。

其中酒名最盛的当属"醉侯"刘伶。他嗜酒如命，常乘鹿车，携一壶酒，让一书童扛着锄头跟随，并交代："我要是醉死，就地把我埋了。"这就是名士的不羁，生命须臾，一杯酒就可以安顿。

如果说酒是刘伶的可口可乐，那么对于阮籍而言，酒就是救命的仙丹。

阮籍是当时赫赫有名的文坛名士。为逃避曹氏和司马氏的政治争斗，他曾酩酊大醉六十日。其实他喝的是智慧之酒，酒成了帮他阻挡政治纷扰的一道绝美的屏风，使他在那个风雨如晦的时代里得以生存。酒最终淋湿了他一生，也浇灌出八十多首《咏怀诗》，至今仍被吟唱流传。

3

但凡说起李白的诗，不能不提他的酒。

李白斗酒诗百篇，绣口一张就是半个盛唐。喝进去的是酒，吐出来的是诗，灵感借着酒劲毫无顾忌地挥洒，他敢叫高力士脱靴，敢叫杨贵妃磨砚，敢举杯邀月，敢质问苍天。

李白的诗，似乎可以闻到一股酒香，而酒的味道中，似乎也带着一股李白诗的气息。得意的酒，"仰天大笑出门去，我辈岂是蓬蒿人"；惆怅的酒，"抽刀断水水更流，举杯消愁愁更愁"；狂放的酒，"百年三千六百日，一日须倾三百杯"；洒脱的酒，"钟鼓馔玉不足贵，但愿长醉不复醒"；苦闷的酒，"停杯投箸不能食，拔剑四顾心茫然"……

唉！谁还分得清，他到底是诗中仙？还是酒中仙?！

4

相比于李白，与之齐名的白居易也同样是一生酣畅。

白居易在家中建有酒库，酒坛子常放在床头。睡觉前最后一件事是喝酒，醒来后第一件事还是喝酒。他一生以酒为富有，以醉为豪奢，有酒便能醉。

读他的诗篇，能感觉到他的辗转反侧，他历经沧桑的情感波折。《长恨歌》中的"天长地久有时尽，此恨绵绵无绝期"；《琵琶行》中的"座中泣下谁最多，江州司马青衫湿"，这样绵长深沉的情思里，也酝酿着深沉的酒意……

时至今日，来洛阳龙门山祭奠白居易的人总不忘浇上一壶美酒，以至于墓前土地常常湿漉漉的，香气不散。

5

风云际会，美酒入腹，让人诗思烂漫，让人意气飞扬，让人酣畅淋漓，笑傲千古。

文人的酒，饮出的是豪气，是奔放自由，如李白；是率真，是高风亮节，如陶渊明；是雄心，是霸气外露，如曹操。

文人爱喝酒，不只是因为它醇、烈、绵，更因为酒能抒发胸臆，寄托抱负，激发创作的灵感。

当然，饮酒的心若不单纯，美酒也会成浊物，一壶一觞若承载太多，也许就辜负了佳酿本身的陶然。

6

壶里乾坤大，杯中岁月长。

酒是一种智慧的勾兑。中国人爱饮酒，不止于口腹之乐，更多的是一种精神文化追求。可见，喝酒非小事，酒可以出华章，可以释兵权，可以得人心，可以定江山。

在中国的历史中，奔腾着两条长河。一条是流淌在华夏大地上的生命之源——黄河；另一条则是流淌在华夏儿女血脉中的精神之源——酒，从远古流到现在，并将继续承载着他的风流流向世界，流向久远。

后 记

　　一个人活在世上，必须有自己真正爱好的事情，才会活得有意思。这种爱好又必须完全是出于他的真性情，而不是为了某种外在的功利。否则，不管他当多大的官，做多大的买卖，他在本质上还是空虚的。

　　诗源于人类情感，是人生裂变中一种理性的印迹和回响。感受生活，放飞灵魂，是我选择的一件美好的事情，就是想给这稍嫌暗淡的退休生活增添一抹亮色。

　　其实人生中一切美好的事情，报酬都在眼前。写作的报酬，就是写作时的陶醉和满足，而不是为有朝一日名扬四海。如果事情本身不能给人以陶醉和满足，就不足以称为美好。

　　我始终认为，此身此世，当不当诗人，写不写得出漂亮的作品，真的不重要。我唯愿能保持生命的真性情，使自己也使别人的生命愿意聆听安静的纯真。此中的快乐，远非浮华的功名可比。

　　感谢兵团文联副主席郁笛同志为书作序，关明河政委题写书名；感谢五粮液集团京都联合酒业的方茗、陈丽莎同志在文字整理方面付出的辛劳。

董先明

2014 年 6 月 2 日于成都